Mauvais garçon

Titre original : *Not Bad for a Bad Lad*
Édition originale publiée par Templar Publishing, Grande-Bretagne, 2012

Édition du Club France Loisirs,
avec l'autorisation des Éditions Gallimard Jeunesse.

Éditions France Loisirs,
123, boulevard de Grenelle, Paris.
www.franceloisirs.com

ISBN : 978-2-298-11267-2

Michael Morpurgo

Mauvais garçon

Illustrations de Michael Foreman

Traduit de l'anglais
par Diane Ménard

ÉDITIONS FRANCE LOISIRS

Voici l'histoire de ma vie. Je l'ai écrite pour que tu saches tout ce que tu as le droit de savoir sur ton grand-père, et que je ne t'ai jamais dit. Il n'y a rien à faire : quand j'étais jeune, j'étais un voyou. Je n'en suis pas fier, vraiment pas. Grand-mère me répète depuis un moment déjà qu'il est temps que je te raconte tout, que tu saches la vérité, toute la vérité et rien que la vérité – avant qu'il ne soit trop tard, comme elle dit. Alors allons-y !

Je suis né en 1943, le 5 octobre. Mais ça t'est bien égal. C'était il y a longtemps, voilà, quand le monde était un endroit très différent. C'était il y a toute une vie, pour moi.

J'avais un père, bien sûr, mais je ne l'ai jamais connu. Il n'était simplement pas là, alors il ne me manquait pas. Ou peut-être que si, mais que je ne m'en rendais pas compte à ce moment-là. Mam avait six enfants. J'étais le numéro quatre, et j'ai

toujours été un mauvais garçon, dès le début. En bas de notre rue, il y avait un endroit qui avait été bombardé – beaucoup de maisons dans notre quartier avaient été détruites par des bombardements pendant la guerre. Et devant ces maisons en ruine, un écriteau : « Danger. Ne pas approcher. » Alors, j'y suis allé, bien sûr. Il faut dire que c'était le meilleur endroit où jouer. C'était vraiment génial. Je pouvais monter sur les murs, me trouver des refuges, chasser les papillons, et quand mam m'appelait pour goûter, je pouvais me cacher et faire semblant de ne pas être là. Je me rappelle le flic du coin. Il s'appelait l'agent Rossignol – un nom qu'on n'oublie pas – et il venait parfois me chercher, m'obligeant à sortir de mon repaire. Il criait dans toute la rue qu'il allait m'en trouver, lui, une bonne cachette, s'il me reprenait à traîner par là.

Quand j'ai eu l'âge d'aller à l'école, à Saint-Matthias, en bas de la rue, j'ai découvert assez rapidement que je n'aimais pas ça, ou que c'était l'école qui ne m'aimait pas – il devait y avoir un peu des deux, je pense. C'est pourquoi je faisais l'école buissonnière dès que je le pouvais, dès que j'en avais envie, c'est-à-dire très souvent. Le surveillant général venait régulièrement à la maison pour se plaindre de moi à ma mère. Parfois, il menaçait de m'envoyer dans une maison de correction, alors mam se mettait dans tous ses états, elle criait contre moi, et moi je criais contre elle. Nous criions beaucoup, mam et moi. Je lui disais que les maîtres s'en prenaient toujours à moi, quoi que je fasse, dès que j'ouvrais la bouche, qu'ils me tapaient sur les doigts avec une règle si je leur répondais ou si j'étais insolent, que je passais la plupart du temps au coin, et que je ne voyais donc pas à quoi ça servait d'aller à l'école.

Le problème était – je le vois maintenant, mais je ne le comprenais pas à l'époque – que je n'étais bon dans aucune des matières dans lesquelles les maîtres voulaient que je sois bon. Et quand je

11

n'étais pas bon, ils me le disaient, ce qui ne faisait qu'aggraver les choses. Je n'arrivais pas à lire. Je n'arrivais pas à écrire. Je n'arrivais pas à faire mon calcul, les additions, et les trucs comme ça. Je « n'avais rien dans la tête, j'étais nul, un bon à rien, un zéro ».

C'est ce qu'avait dit de moi M. Mortimer, un jour, devant toute la classe, et comme c'était le directeur, il devait avoir raison, non ?

La seule chose que j'aimais à l'école, c'étaient les cours de musique, parce que c'est Mlle West qui nous les donnait, et que Mlle West m'aimait bien, je le savais.

Elle était gentille avec moi, elle me donnait l'impression de mériter qu'on s'intéresse à moi. Elle sentait la lavande, la poudre, et j'adorais ça. Elle m'avait nommé responsable de l'armoire des instruments à percussion, ce qui signifiait que, dès qu'elle avait besoin de quelque chose dans cette armoire, elle me donnait la clé, et m'envoyait chercher un triangle, ou des cymbales, des tambourins ou un tambour. En plus, elle me laissait m'en servir. Quand tous les autres jouaient de petits airs de flûte, je pouvais essayer les cymbales, les tambourins, ou le triangle – mais le triangle avait un léger tintement, il ne faisait pas assez de bruit, pas assez pour moi, en tout cas. Je préférais le tambour. J'aimais le battre en cadence, très fort, et Mlle West

me disait que j'avais un vrai sens du rythme, que les tambours et moi, nous étions faits pour nous entendre, même si quelquefois, pour reprendre ses mots, « j'étais un tout petit peu trop enthousiaste ».

Et puis Mlle West a quitté l'école – je ne sais pas pourquoi – et cela m'a rendu très triste. Je continuais à jouer du tambour dès que je le pouvais, et j'étais toujours responsable de l'armoire des instruments à percussion, mais ce n'était plus du tout aussi drôle sans Mlle West. Je ne l'ai jamais oubliée, cependant, et tu vas bientôt voir pourquoi.

J'aimais tellement jouer du tambour, désormais, *from now on* que je le faisais même en dehors de l'école. À la

13

maison, je battais sans arrêt le rythme avec des cuillères, ce qui rendait ma mère à moitié folle. Lorsqu'elle m'envoyait dehors, je continuais avec des bâtons contre les grilles, ou sur des couvercles de poubelle. Sur les couvercles de poubelle, c'était mieux, parce que si je tapais assez fort, je pouvais faire un vacarme du tonnerre qui résonnait dans toute la rue, et dispersait les pigeons. Certaines personnes, comme Mme Dickson, qui tenait la boutique au coin de la rue, avaient deux poubelles devant leur porte, ce qui me permettait de taper sur deux couvercles en même temps, et de les claquer l'un contre l'autre comme des cymbales. Il fallait entendre le boucan que ça faisait! Mais Mme Dickson était du genre rabat-joie. Elle était sortie en courant de sa boutique et m'avait attrapé. Elle m'avait chassé à coups de balai, en me traitant de « mauvais garçon », de « petit voyou », et d'autres choses qu'il vaut mieux ne pas répéter.

C'est alors que j'ai fait quelque chose de vraiment stupide. J'ai volé une orange au marché, je l'ai prise dans une voiture de quatre-saisons. Et qu'est-ce qui m'est arrivé? Je venais de tourner le coin de la rue quand je suis rentré en plein dans l'agent de police Rossignol, qui m'a aussitôt dit, lui aussi, que j'étais un petit voyou. Il m'a ramené à la maison, en me tirant par l'oreille

pendant tout le trajet. Il a raconté ce que j'avais
fait à ma mère, en lui conseillant de me donner
une bonne raclée. Alors, elle aussi, elle a dit que
j'étais un petit voyou, et elle m'a frappé derrière
les genoux. Le jour suivant, les choses ont encore
empiré.

À l'école, le lendemain matin, pendant la réu-
nion d'information, M. Mortimer a déclaré qu'il
avait quelque chose de très grave à nous annoncer,
quelque chose de vraiment très grave. Il a expli-
qué que l'agent de police Rossignol était venu le

voir pour lui annoncer une très mauvaise nouvelle, au sujet d'une orange. J'ai immédiatement compris que j'y avais droit, cette fois. Il a montré l'orange que j'avais piquée, ou une orange qui était exactement pareille, et il a dit à tout le monde qu'il y avait un voleur d'orange à l'école. Je savais ce qui allait venir. Il a crié mon nom, et m'a désigné de son doigt jauni par la nicotine. Tout le monde s'est retourné pour me regarder, ce qui ne m'a pas trop gêné – et même, pour être franc, qui ne m'a pas déplu du tout –, tu sais, j'avais l'impression d'être reconnu par les autres, d'avoir une certaine gloire. Après tout, j'étais le perturbateur en chef. Voilà à quoi j'étais bon, à semer le désordre, et j'en étais fier. J'avais une réputation. J'étais quelqu'un qu'il fallait prendre en considération, et j'aimais bien ça.

M. Mortimer m'a obligé à me lever et à venir devant tout le monde, puis il m'a ordonné de tendre la main, et il m'a donné des coups de règle – il m'en a coûté parce que, cette fois, c'était avec le côté de la règle, sur le dos de la main, sur la jointure de mes doigts, et ça faisait un mal de chien. Et puis, oui, tu l'as deviné, il m'a dit que j'étais un petit voyou, que je m'étais couvert de honte, et que cette honte avait rejailli sur l'école entière. Mais le pire, c'est qu'il a décidé que je n'étais plus responsable de l'armoire des instruments à percussion, et que je n'aurais plus le droit de toucher

au tambour, aux cymbales, ni même à ce triangle imbécile, plus jamais. Voilà la goutte qui a fait déborder le vase, ça, et la douleur sur mes doigts après les coups que j'avais reçus. J'étais furieux, à présent, vraiment furieux, et ce n'est pas pour me trouver des excuses, mais c'est ce qui m'a poussé à faire quelque chose de beaucoup plus stupide que voler une orange.

Comme j'avais été responsable de l'armoire des instruments à percussion, je savais exactement où se trouvait la clé de l'armoire, bien sûr. Sur un crochet, derrière le bureau du maître. À la récréation, j'ai donc pris la clé, j'ai ouvert l'armoire, et je me suis emparé du plus gros tambour de tous, celui que je préférais. Puis, en le battant le plus fort possible, sous les regards de tous les élèves, j'ai traversé la cour de récréation, je suis sorti de l'école, et j'ai marché dans la rue. J'ai continué de jouer du tambour sur tout le chemin jusqu'à la maison. J'ai été renvoyé de l'école à cause de ça, ce qui me convenait très bien parce que, de toute façon, depuis que Mlle West était partie, je détestais cet endroit.

Les autres écoles dans lesquelles mam m'a envoyé ensuite n'étaient pas beaucoup mieux. Le problème, c'est que partout, avant même que j'arrive,

on savait déjà que j'étais un petit voyou. C'est évident, non? Ils s'attendaient à ce que je sème le désordre, et chaque fois, c'était donc ce que je faisais. À la fin, plus aucune école ne voulait de moi.

Je ne pourrais même pas commencer à compter le nombre de fois où j'ai reçu des coups de baguette. Ça faisait mal, bien sûr. Mais ça glissait sur moi comme l'eau sur les plumes d'un canard. À l'âge de quatorze ans, j'avais quitté l'école et trouvé un travail à temps partiel dans un garage, ce qui m'allait très bien, parce que j'aimais les voitures. Mais le soir, je traînais dans la rue, cherchant les ennuis et la bagarre.

J'étais entré dans une bande de garçons plus âgés que moi, et je ne me contentais plus de piquer des oranges. Quoi qu'ils fassent, je voulais montrer que j'étais meilleur qu'eux. Je devais faire mes preuves, c'était comme ça que je voyais les choses. Un soir, nous avons vu une voiture rangée dans la rue, une jolie MG, toute brillante. Les portières n'étaient pas verrouillées, et le conducteur avait laissé la clé sur le tableau de bord. Bon, j'étais habitué aux voitures, non? Je m'y connaissais un peu. Alors,

pour faire l'intéressant devant les autres, je suis
monté dans la MG, et j'ai démarré. Simple comme
tout. J'ai tourné dans le coin en faisant rugir le
moteur pendant une demi-heure environ, jusqu'à
ce que je heurte le bord du trottoir et que je crève
un pneu. J'étais sur le point de sortir de la voiture
et de m'enfuir, quand j'ai vu un stylo sur le siège
du passager – avec un bouchon en or et une flèche
en or, un beau stylo, dont je me suis dit qu'il devait
valoir une jolie somme. Je l'ai donc mis dans ma
poche, et je me suis éloigné rapidement, l'air de
rien. Avant de rentrer à la maison, j'ai fourgué le
stylo devant *Le Cheval et la Charrue*, le pub qui

est en bas de notre rue, et, pour la première fois de ma vie, j'ai eu vraiment de l'argent entre les mains. Cinq shillings, j'en ai obtenu. D'accord, ça ne ferait plus que vingt-cinq pence dans l'argent d'aujourd'hui, mais à l'époque, c'était beaucoup pour moi, une vraie petite fortune.

Le soir même, les policiers ont soudain débarqué chez nous pour m'interroger. Ils disaient que quelqu'un m'avait vu dans l'après-midi sortir d'une voiture volée. Je leur ai dit que j'étais resté tout le temps à la maison et que, de toute façon, je ne savais pas conduire. Ils ont fouillé partout, mais ils n'ont rien trouvé. J'avais caché mes cinq shillings dans le réservoir d'eau au-dessus des W-C, dans la cour – tu sais. Les cabinets étaient toujours à l'extérieur, à l'époque.

Quand ils sont partis, mam m'a donné la raclée de ma vie. Elle m'a pris par les épaules, et m'a secoué jusqu'à ce que je claque des dents. Elle a dit qu'elle savait que c'était moi qui avais volé la voiture.

– Tu n'étais pas à la maison cet après-midi, hein ? Tu mens, n'est-ce pas ? J'aurais vraiment dû le leur dire, oui, j'aurais dû !

Elle pleurait et criait en même temps, elle était vraiment en colère contre moi.

– Dans une maison de redressement, à Borstal, voilà où est ta place. Ils pourront peut-être t'enfoncer un peu de bon sens dans la tête. Parce que moi, je n'y arrive pas. Tout ce que tu sais faire, c'est causer des ennuis. Tu ne peux pas te conduire correctement, comme les autres enfants ? Non, il faut que tu piques des trucs, que tu voles, que tu mentes. Où est-ce que tu crois que ça va te mener, de toute façon ? Le crime ne paie pas. Il n'a jamais payé. Tu ne le sais donc pas ? Tu ne sais donc rien ?

Mam était dans un tel état que j'avais peur qu'elle retourne à la police pour me dénoncer. Mais elle ne l'a pas fait, grâce à Dieu. J'étais donc hors de danger. J'étais tiré d'affaire. Ensuite, je m'en suis tiré de nouveau plusieurs fois. La plupart des autres membres de la bande étaient beaucoup plus âgés, et bien meilleurs voleurs que moi. Mais j'apprenais vite, et je maîtrisai bientôt toutes les ficelles du cambriolage : comment choisir la maison, prendre son temps pour la surveiller, forcer une fenêtre, crocheter la serrure d'une porte, et s'enfuir sans risque. Il fallait aussi savoir où trouver les receleurs, parce qu'il fallait se débarrasser du butin, de tout ce qu'on avait volé, des objets compromettants le plus vite possible. Au bout d'un an ou deux, j'étais un voleur et un voyou accompli. Il y a une seule chose que je n'ai jamais réussi à apprendre : comment ne pas se faire prendre.

Pendant un an environ, tout s'est apparemment bien passé. Je ne m'en sortais pas mal, merci. Qui dit que le crime ne paie pas, mam ? Voilà ce que je pensais. J'avais plus d'argent qu'il n'en fallait pour m'acheter tout ce qui pouvait me faire envie : des costumes tape-à-l'œil, une montre tape-à-l'œil et une moto tape-à-l'œil.

Je pouvais frimer devant les autres à la maison, me vanter de ce que je faisais devant qui voulait m'entendre. Les filles commençaient à s'intéresser à moi, elles aussi, ce qui était loin de me déplaire. Tout le monde pensait que j'étais un sacré mec. J'avais même acheté un nouveau téléviseur ultramoderne à mam. Ça lui avait fait vraiment plaisir, je peux le dire. Elle était très fière de moi, mais seulement parce qu'elle croyait que j'avais repris mon ancien travail au garage, c'était ce que je lui avais raconté. Elle ne savait absolument pas d'où venait l'argent, ni ce que je fabriquais. Remarque,

elle ne m'a jamais posé de questions. En y repen-
sant, maintenant, je crois qu'elle ne voulait peut-
être pas le savoir. Elle n'était pas bête, ma mère.

Puis, un soir, la chance m'a quitté. J'avais fait
du bon travail, j'étais entré puis sorti d'une maison vide, silencieux comme une souris, il n'y avait
personne, pas de problème en vue. J'avais fauché
un peu d'argenterie et de bijoux, de jolies choses,
d'ailleurs. Tout semblait aller comme sur des rou-
lettes. Mais en sortant de la maison, j'ai vu un flic
qui se dirigeait vers moi à vélo. J'aurais dû simplement continuer à marcher, il n'aurait même
pas remarqué que j'étais là. Mais non, il a fallu
que je me mette à courir ! Pourtant, quand on a
fait un coup, la première règle est de marcher, de
ne jamais courir. Il a donné un coup de sifflet, et

je dévalais déjà la rue à la vitesse d'un lévrier.

Il m'a poursuivi à travers un chantier de construction, puis de l'autre côté de la voie ferrée. J'ai balancé en chemin tout ce que j'avais volé. Se débarrasser des preuves, voilà ce que je me disais, mais je n'ai pas réussi à me débarrasser de lui. J'ai fini par escalader comme je pouvais un mur au fond d'un jardin, et là, j'ai vu une serre. J'ai foncé à l'intérieur, aussi vite que tu peux l'imaginer, et je me suis caché au milieu d'une véritable forêt de plants de tomate. Pendant un moment, il y a eu des cris dans tous les sens, des rayons de torche qui dansaient à l'extérieur, puis tout est redevenu silencieux. Il n'y avait plus que moi, une grosse lune ronde là-haut, et des tomates tout autour. Je me suis dit qu'il valait mieux que je reste caché là pendant un certain temps, jusqu'à ce que les choses se calment, et que je sois sûr que j'étais hors de danger.

Une demi-heure plus tard environ, j'étais toujours assis là, dans la serre, en train d'engloutir une tomate bien mûre, lorsque j'ai levé les yeux et que j'ai vu un petit garçon qui se tenait là, dans son pyjama rayé.

– C'est une tomate de mon papa, a-t-il dit. C'est du vol, ce que tu fais. C'est toi que les policiers cherchaient, hein ? Tu es un voyou, j'en suis sûr.

Alors, avant que je puisse l'arrêter, il est parti en courant et en hurlant de toutes ses forces. En un rien de temps, tous les flics étaient là, et ils m'ont emmené.

J'ai été condamné à passer un an dans une maison de redressement, pour vol avec effraction. Ç'aurait pu être pire si Mlle West n'était pas venue parler en ma faveur.

C'était très gentil de sa part, mais j'ai eu tellement honte de moi quand je l'ai vue arriver au tribunal que je n'ai pas pu la regarder en face.

Le juge m'a dit ce qu'il pensait de moi :

— Vous vous êtes conduit comme un voyou, n'est-ce pas ? Cependant, votre ancien professeur, Mlle West, nous assure que vous n'êtes pas un mauvais bougre dans le fond. Je suis enclin à la croire et à vous laisser le bénéfice du doute. Mais vous avez été stupide, c'est sûr, et vous avez de mauvaises fréquentations.

Il s'est penché en avant, et m'a regardé par-dessus ses lunettes.

— Vous avez gâché votre vie jusqu'à présent, jeune homme, a-t-il repris. Vous n'avez que seize ans, vous êtes encore jeune. Vous pouvez prendre

un nouveau départ. Vous pouvez redresser la situation si vous le voulez. C'est à vous de voir. Vous aurez un an pour y réfléchir, et pour méditer là-dessus dans une maison de redressement. Emmenez-le !

« Vieil imbécile », ai-je pensé. Mais je savais au fond de moi, au moment même où je le pensais, que l'imbécile c'était moi et pas lui.

Ainsi, après avoir passé quelques nuits dans une cellule du commissariat, on m'a envoyé « à Borstal ». C'est comme ça qu'on appelait certaines maisons de redressement. Celle-ci était située dans la région du suffolk. Peu m'importait où ça se trouvait, d'ailleurs. Je ne m'étais jamais senti dans un état aussi lamentable de toute ma vie. Une seule chose me remontait un peu le moral pendant cet horrible voyage. C'était ce que Mlle West avait dit à la cour :

– Il est comme nous tous. Il a simplement besoin de se sentir bien dans sa peau. Il y a du bon en lui, je le sais. Il a besoin d'une deuxième chance. Tout ce que je demande, c'est qu'on lui donne cette chance. Il retrouvera le droit chemin un jour, vous verrez.

J'ai gardé ses paroles dans ma tête pendant tout le trajet. Et, en vérité, je les ai gardées dans ma tête toute ma vie.

Nous étions une douzaine dans ce panier à salade noir, tous des garçons à peu près de mon âge, tous des voyous. Aucun de nous n'a prononcé un mot pendant le trajet. Une demi-heure après notre arrivée, on nous a emmenés dans le gymnase et on nous a ordonné de nous changer, de mettre les uniformes bleus qu'on nous a donnés. C'est alors qu'il est arrivé.

— Mon nom est Monsieur, a-t-il aboyé.

Nous avons découvert plus tard qu'il avait un vrai nom, qu'il s'appelait M. Roley. Il ressemblait un peu à M. Mortimer, petit avec une courte moustache bien taillée sous le nez, un peu comme celle de Hitler, je pense, sauf qu'elle était rousse. Il avait une voix de trombone. Nous nous sommes serrés les uns contre les autres, effrayés, comme un troupeau de moutons. Il nous a regardés, et a hoché la tête d'un air dégoûté.

— Vous êtes tous des fruits véreux. Des pommes pourries, tous autant que vous êtes. C'est la raison de votre présence ici. Et je suis là pour enlever le mauvais morceau, le morceau pourri. C'est aussi simple que ça. Faites ce qu'on vous dit. Travaillez

dur, comportez-vous correctement, et vous n'aurez pas d'inquiétude à avoir. Vous pouvez être aussi heureux que possible, ici. Mais si vous me causez le moindre ennui, si vous vous permettez la moindre insolence, la moindre provocation, alors je vous ferai regretter d'être venus sur terre. Est-ce bien clair ? Et pour être sûr que j'ai été bien clair moi-même, je vais vous faire une faveur. Je vais vous montrer ce qui arrivera à celui d'entre vous qui s'écartera du droit chemin.

Soudain, j'ai vu qu'il me désignait.

– Toi, là-devant. Viens ici ! Immédiatement !

Dix coups de baguette, il m'a donnés, et des meilleurs, après m'avoir obligé à m'étendre à plat ventre sur le cheval-d'arçons en bois. Ça faisait un mal de chien, mais je n'ai pas pipé. Je ne voulais pas lui donner cette satisfaction. J'ai eu mal pendant des jours et des jours. Mais après tout, maintenant que j'y pense, c'était entièrement ma faute. Je n'aurais pas dû me mettre devant !

Je peux te dire que pendant les premières semaines où j'ai été enfermé dans cette maison de correction, je n'ai pas arrêté de tourner et de retourner les choses dans ma tête. Je me posais un tas de questions auxquelles je ne savais pas répondre. Comment en étais-je arrivé là ? Était-ce ainsi que j'allais passer le reste de ma vie, à par-

tir de maintenant, derrière les murs d'une prison, exclu du reste du monde ? Qu'étais-je donc, stupide, mauvais, ou les deux à la fois ? À moins que Mlle West ait eu raison ? Qu'il y ait du bon en moi ?

Je ne crois pas avoir échangé deux mots avec qui que ce soit dans cet endroit pendant plus d'un mois. J'avais l'impression de traverser cette période comme un somnambule, les trois kilomètres de course chaque matin, les briques qu'il fallait poser pendant des heures et des heures par n'importe

quel temps, le pain qu'on pétrissait dans les cuisines, le désherbage du potager, tout ça sous la surveillance continuelle et acharnée de M. Roley et des autres. Ils ne nous lâchaient pas d'une semelle. Nous n'avions pas un seul moment de répit, ni de tranquillité. Mais le pire, ce n'était ni le travail, ni M. Roley, ni la nourriture, qu'ils devaient faire exprès de rendre la plus dégoûtante possible, à mon avis. C'était d'entendre un des autres garçons pleurer la nuit jusqu'à ce qu'il s'endorme. Cela produisait un tel effet sur moi, que je me mettais immanquablement à pleurer à mon tour. Je ne pouvais pas m'en empêcher.

Il y avait vingt autres garçons dans mon dortoir. Au début, je n'avais envie de parler à aucun d'eux. Je ne voulais pas les connaître. Certains soirs, je me tournais contre le mur, en souhaitant simplement être mort. Et quand je ne souhaitais pas être mort, je rêvais de m'évader, de sauter le mur, comme je le faisais parfois à Saint-Matthias quand j'avais des ennuis. Mais je savais que c'était inutile. De toute façon, où aurais-je été ? Ma mère ne voulait plus de moi à la maison, je le savais. En outre, d'autres garçons avaient déjà essayé, et ils avaient toujours été repris. Fidèle à sa promesse, M. Roley les conduisait dans le gymnase, leur infligeait dix des pires coups de baguette qu'on puisse imaginer, et en plus il fallait qu'on reste là à les regarder.

Au bout de quelque temps, j'ai donc laissé tomber mes idées d'évasion, et j'ai décidé de faire contre mauvaise fortune bon cœur : attendre la fin de ma peine, garder un profil bas, et éviter les ennuis. Le moment de la journée que je préférais était la course de trois kilomètres que nous devions faire avant le petit déjeuner, parce que nous sortions alors de l'enceinte de la maison de redressement, et parfois nous descendions même jusqu'à la plage, qui était à un peu moins de deux kilomètres. J'aimais courir, courir vite, courir comme si je n'allais jamais m'arrêter. J'aimais la plage, aussi, l'air de la mer, les mouettes, les bateaux de pêche sortis en mer. Pendant

ce temps-là, je pouvais m'imaginer que j'étais libre, aussi libre que les goélands. Les autres, qui détestaient presque tous cette course matinale, me disaient que je devais être fou pour aimer ça, complètement cinglé, que j'avais perdu la boule, mais ils pouvaient dire ce qu'ils voulaient, ça m'était égal.

Tandis que je courais, il y avait un endroit où je ralentissais parfois pour mieux voir : l'endroit où se trouvaient les écuries. Quand j'y repense, ce qui m'arrive souvent, c'était une chose incroyable, et vraiment formidable, que cette maison de redressement ait eu des écuries, où certains détenus venaient travailler quelques heures par jour. Chaque fois que je passais devant en courant, les

chevaux me regardaient, la tête au-dessus de la porte de leur stalle, et ils dressaient les oreilles. On aurait dit qu'ils attendaient que je passe. Ils me regardaient et je les regardais. Ils me lançaient parfois un bon vieux hennissement, je leur répondais alors d'un signe de la main – c'est idiot, je sais, mais je ne pouvais quand même pas hennir ! Il y avait une sacrée odeur qui sortait de ces écuries, je te le dis. Mais j'aimais beaucoup l'odeur des chevaux, je l'ai toujours aimée. Ça me rappelait celle du cheval du laitier, dans notre rue. Il était merveilleux – le cheval, pas le laitier.

De temps en temps, tandis que je courais, je voyais un vieux type, là, avec les chevaux. Je savais qu'il était vieux, car il avait les cheveux argentés et une moustache assortie. Il était très élégant, toujours impeccable, le genre de type qui ne se laisse pas aller. Tout le monde l'appelait M. Alfie, mais c'était tout ce que je savais de lui. J'avais vu

quelques-uns des garçons qui travaillaient avec lui, et je m'étais souvent dit que ce ne serait pas mal d'avoir ce boulot, en tout cas, ce serait mieux que de poser des briques ou de faire du pain.

Mais j'étais aussi attiré par quelque chose d'autre, chaque fois que je passais près de ces écuries. Il y avait toujours de la musique. M. Alfie pouvait être dans la cour, en train de pousser une brouette, de panser les chevaux, ou de ramasser du fumier à la pelle, il écoutait souvent de la musique qui venait d'une radio – de la TSF, comme on disait à l'époque. C'étaient surtout des *big bands*, ou du jazz, le genre de musique qui me plaisait, avec beaucoup de rythme et de percussions, aussi. Quand M. Alfie avait mis de la musique, je ne courais plus du tout, je trottais, puis je marchais, lentement, très lentement, pour pouvoir l'écouter le plus longtemps possible.

Un jour – et ce devait être l'un des plus beaux jours de ma vie –, j'étais en train de courir dehors comme tous les matins, et je passais devant les écuries, quand j'ai entendu de nouveau de la musique. J'ai ralenti, je me suis mis à marcher, et c'est alors que j'ai vu ce type, M. Alfie, debout près de la clôture, qui me regardait, en s'essuyant le front avec un mouchoir. Il m'a appelé, et je suis donc allé le voir.

– Tu aimes les chevaux, mon garçon ? m'a-t-il demandé.

– J'ai rien contre. Ils sentent un peu fort.

– Bien sûr, mon garçon. Mais est-ce que tu les aimes ?

– Je pense, oui.

– Est-ce que tu veux t'en occuper avec nous ?

– Comment ? Maintenant ?

– Demain, dit M. Alfie. Tu peux commencer dès demain. J'ai besoin de quelqu'un qui nous donne un coup de main. J'en parlerai à M. Roley. Je t'ai observé pendant que tu courais, et je me suis dit que tu devais aimer les chevaux. Chaque fois que tu passes par ici, tu ralentis pour bien les voir.

– C'est à cause de la musique à la TSF. J'aime la musique. J'aime les percussions. Je joue du tambour, j'en jouais, en tout cas.

– Eh bien, je vais te dire une chose. Je joue un peu de tambour, moi aussi. En fait, il n'y a qu'une seule chose que j'aime plus que la musique, ce sont mes chevaux. Ce sont des suffolk punch, et ils demandent beaucoup de soin. Travailler dur ne te fait pas peur, n'est-ce pas ?

– Bien sûr que non.

Voilà comment, dès le lendemain matin après le petit déjeuner, je me suis retrouvé à l'écurie, avec deux autres garçons, pour donner un coup de main. Comme il l'avait dit, M. Alfie avait tout arrangé avec M. Roley. À partir de ce jour, j'allais là-bas chaque matin et j'y restais presque jusqu'au soir pour m'occuper de ces grands chevaux magnifiques, aux côtés de M. Alfie. J'adorais ça, j'adorais les chevaux, j'adorais écouter de la musique,

j'adorais chaque moment que je passais là-bas. Comme tu peux l'imaginer, c'était toujours dur, très dur même, de devoir quitter les chevaux à la fin de la journée pour retourner derrière les murs.

Je devrais peut-être t'en dire un peu plus sur M. Alfie et ses chevaux, car, sans eux, la suite de cette histoire n'aurait pas tourné de la même façon. Je me suis rapidement aperçu que M. Alfie en savait plus que n'importe qui sur ces animaux, et sur les suffolk en particulier. Il avait même écrit des livres sur eux. Il les connaissait bien et il les aimait. Les suffolk ne sont pas des chevaux ordinaires. Ils sont gigantesques, vraiment énormes. Ils sont plus hauts que la tête de n'importe quel homme. Et ils sont forts. On ne peut pas imaginer la force qu'ils ont. M. Alfie avait grandi avec eux à la ferme quand il était petit, et il avait travaillé avec plusieurs sortes de chevaux, pratiquement toute sa vie, pour labourer les champs ou faucher. Il avait quitté la ferme un certain temps pour aller combattre pendant la Première Guerre mondiale. Là aussi, il s'était retrouvé avec des chevaux, surtout des chevaux de cavalerie, m'avait-il raconté. Mais pour M. Alfie, ses suffolk étaient toujours ce qu'il y avait de mieux au monde. Il les appelait « mes gentils géants ».

Chaque fois que nous allions dans les écuries, il fallait les nettoyer, remuer la paille des litières, préparer le foin ou remplir les seaux d'eau. Qu'est-ce qu'ils mangeaient, ces chevaux ! Qu'est-ce qu'ils buvaient ! Et qu'est-ce qu'ils faisaient comme saletés ! Je n'ai jamais été aussi occupé de ma vie, et je ne me suis jamais autant amusé non plus, surtout quand M. Alfie mettait de la musique. Mais il nous faisait travailler dur. Nous devions nettoyer la sellerie, astiquer les cuivres, faire tout ce qu'il y avait à faire, et c'était un travail sans fin.

Au bout de quelque temps, une quinzaine de jours à peu près, M. Alfie a commencé à me laisser m'occuper un peu des chevaux eux-mêmes, à me laisser les panser, et bientôt j'étais dehors avec les autres garçons d'écurie, qui étaient là depuis plus longtemps que moi, pour exercer les suffolk punch, et même parfois pour les monter. Et toujours, M. Alfie nous apprenait comment nous comporter avec les chevaux.

– Tu dois les traiter de la même façon que tu dois traiter les gens, m'a-t-il dit un jour. Tu dois essayer de comprendre ce qui se passe dans leur tête, ce qu'ils ressentent. Et ce qu'ils ressentent, tu dois apprendre à le respecter. Fais-le avec n'importe qui, et tout ira bien. Fais-le avec n'importe quel cheval, et tout ira bien aussi. C'est aussi simple que ça.

Ce n'était pas si simple, bien sûr, car ce qu'il ne m'avait pas dit, c'est qu'il faut toute une vie pour

comprendre ce que ressentent les chevaux. Aujourd'hui, je sais que ça prend aussi toute une vie de comprendre ce que ressentent les gens. M. Alfie avait donc raison, et dans les deux cas.

J'ai dû travailler environ deux mois avec les chevaux, et je commençais à bien savoir m'y prendre. Un matin, je suis arrivé à l'écurie, et je suis allé immédiatement panser Bella, dans la cour – Bella était la plus grande jument de l'écurie : dix-huit paumes de haut, c'est grand, trop grand pour se disputer avec elle, c'est sûr. En levant les yeux, j'ai vu que M. Alfie se dirigeait vers moi. Il est resté un moment à me regarder sans rien dire. Il le faisait assez souvent, et ça ne m'a pas dérangé. La TSF était allumée comme d'habitude, on entendait un morceau de Louis Armstrong : *Jeepers Creepers*.

Je m'en souviens très bien, parce que juste après, M. Alfie m'a dit une chose que je n'ai jamais oubliée :

— Tu sais ce que je pense, mon gars ? a-t-il commencé. Je pense que pour un mauvais garçon, tu n'es pas si mauvais, même pas mauvais du tout !

Jamais je ne pourrai dire ce que ces mots ont signifié pour moi, ni à quel point ils ont été importants. Ils le sont toujours.

— Quand tu auras fini de t'occuper de Bella, a-t-il poursuivi, j'aurai un autre boulot pour toi.

Quelques minutes plus tard, il me conduisait à la dernière stalle.

— Il est là-dedans, a-t-il dit en ouvrant la porte. Il est arrivé la nuit dernière. Il a cinq ans, et il s'appelle Dombey. Ce n'est pas un suffolk, mais il est aussi bien. Pas tout à fait aussi grand, mais du même genre. Marron et blanc. On appelle ça un cheval pie, avec ses taches blanches sur sa robe foncée. Il est beau, non ? Mais il est un peu triste.

Je voyais bien que ça n'allait pas. Contrairement aux autres chevaux qui regardaient toujours dehors par-dessus la porte de leur stalle, les yeux brillants

et joyeux, celui-ci tenait la tête basse, dans le coin le plus sombre de l'écurie.

– Les gens qui s'en occupaient, là où il était avant, n'ont pas su s'y prendre avec lui, m'a dit M. Alfie. C'est un cheval qui doit donner du fil à retordre. Dombey a passé des moments difficiles. Il a dû être battu par quelqu'un, à mon avis. Mais il est fort comme un bœuf, il a un bon regard et un grand cœur. C'est un brave cheval. Je sais reconnaître ceux qui en valent la peine, quand j'en vois. C'est pour ça que je l'ai pris. C'est pour ça que je t'ai pris. Mais Dombey est effrayé, et il est malheureux. Il ne mange pas non plus. Tout ce qu'il lui faut, c'est quelqu'un en qui il puisse avoir confiance, quelqu'un qui le comprenne, et qui sache l'amadouer. Alors, pourquoi pas toi ? Voilà ce que j'ai pensé. Je voudrais simplement que tu passes du temps avec lui, que tu lui parles, que tu le caresses, que tu lui fasses sentir qu'on s'intéresse à lui. Il faut qu'il sente que quelqu'un l'aime. Mais attention ! Il paraît qu'il lance de sacrées ruades.

Je devais en faire l'expérience moi-même dès le lendemain matin. J'avais eu l'impression de m'acquitter de ma tâche comme il le fallait. J'étais entré dans l'écurie doucement, lentement, en lui parlant sans arrêt. Sa queue avait fouetté l'air une ou deux fois, j'avais donc compris qu'il était un peu nerveux. J'étais resté longtemps près de lui, en lui parlant tout bas, en lui flattant l'encolure, en lui caressant délicatement les oreilles. Il aimait ça, tout allait bien. Il paraissait plutôt content de m'avoir à côté de lui. Au bout d'un moment,

j'ai pensé que ça devait suffire pour un premier contact. J'étais assez fier de moi. Je lui ai alors donné une petite tape pour lui dire au revoir, et je suis sorti doucement comme j'étais venu, c'est-à-dire en passant derrière lui. Grosse erreur. Je ne l'ai même pas vu me décocher une ruade, mais je l'ai très bien sentie. Je me suis retrouvé allongé sur la paille, comme un parfait crétin.

M. Alfie se penchait déjà au-dessus de la porte de la stalle.

– Il t'a lancé une ruade, hein ? a-t-il dit en me souriant. Est-ce que tu as mal ?

– À votre avis ? ai-je répondu, en frottant ma jambe pour atténuer la douleur.

– Eh bien, mon garçon, quoi que tu aies fait, tu

ne recommenceras pas, n'est-ce pas ? Ça va prendre du temps. Ça prend toujours du temps d'apprendre à faire confiance à quelqu'un.

Il n'avait pas beaucoup de compassion pour moi, apparemment.

– En tout cas, a-t-il poursuivi, en regardant Dombey qui mâchait bruyamment du foin un peu plus loin, on dirait que Dombey mange bien, maintenant. Il y a donc quelque chose qui le rend heureux. Tu as su t'y prendre, c'est sûr.

C'est ça qui était formidable avec M. Alfie. Il disait toujours quelque chose qui remontait le moral, et qui aidait à se sentir mieux dans sa peau.

Il a fallu du temps, exactement comme M. Alfie l'avait prévu, pour qu'on apprenne à être bien ensemble, Dombey et moi, des mois au cours desquels je l'ai pansé, je l'ai exercé, ou je suis simplement resté avec lui. Il ne m'a plus jamais lancé de ruade, mais je ne lui en ai plus donné l'occasion. Je n'ai plus jamais marché derrière lui dans l'écurie. J'ai appris à connaître ses petites manies, comme il a appris à connaître les miennes. Ses yeux sont devenus aussi brillants que ceux des autres chevaux, il est devenu aussi vigoureux qu'eux. Il regardait toujours par-dessus la porte de sa stalle quand j'arrivais dans la cour, attendant que je vienne le voir.

Je me suis fait deux amis, aussi, dans cette écurie, deux des meilleurs amis que j'aie jamais eus.

Dombey et moi étions devenus comme des frères. Je n'ai jamais été aussi heureux de ma vie que quand je le montais sur la plage. M. Alfie m'avait donné une autorisation spéciale. Il m'avait dit que je devais le lancer au galop dans les eaux peu profondes, là où les vagues se brisent sur le sable. Il en avait besoin, d'après lui. Il se dégourdirait les jambes et prendrait des forces. Dombey adorait ça, et moi aussi. Dans un sens, il était comme un petit frère pour moi, parce que je m'occupais de lui. Mais, dans l'autre, il était mon grand frère, parce qu'il était grand. Quand il me poussait,

se frottait contre moi, ou fourrait sa tête dans mon cou, c'était toujours gentiment, et pour jouer, juste pour me rappeler de temps en temps que son petit frère était aussi un grand frère, et qu'il valait mieux que je ne l'oublie pas. Je ne l'oubliais jamais.

Quant à M. Alfie, eh bien, il était devenu le père que je n'avais jamais eu. Il ne me traitait pas différemment des autres, cependant. Il était le même avec nous tous, les garçons qui travaillions à l'écurie. Du moment que nous bossions dur, du moment que nous faisions ce que nous pouvions pour ses « gentils géants », il nous traitait comme des membres de sa famille, comme si nous

étions une vraie famille, et la plupart d'entre nous n'avaient jamais connu ça.

Puis, un matin, j'étais en train de nettoyer l'écurie de Bella quand M. Alfie est venu vers moi et m'a dit qu'il devait me parler. Il a passé son bras autour de mes épaules, tandis que nous nous éloignions un peu, et j'ai compris qu'il y avait quelque chose dans l'air, quelque chose qui n'allait pas.

— J'ai de mauvaises nouvelles, mon garçon, et de bonnes nouvelles aussi, a-t-il dit. Les mauvaises nouvelles d'abord, hein ? Il vaut mieux s'en débarrasser rapidement. Dombey a été vendu, mon garçon. On va venir le chercher dans deux heures. Mais la bonne nouvelle c'est que, si les choses tournent comme je le crois, alors il aura un bon endroit où vivre et travailler pour toute sa vie, je dirais même le meilleur endroit, le meilleur travail qu'un cheval puisse trouver. Et ça, c'est grâce à toi, mon garçon. Tu en as fait un cheval heureux. Le reste était déjà en lui, toute sa force, sa gentillesse, c'était dans son sang, d'une certaine façon. Mais tu l'as rendu heureux, il sait comment se comporter, maintenant, et c'est une chose qui compte beaucoup là où il va aller.

— Où va-t-il ? ai-je demandé.

— Je ne peux pas te répondre, mon garçon, pas encore. Tout est ultrasecret pour le moment.

Ceux qui s'intéressent à lui sont venus le voir, et ils pensent que ce cheval leur convient, qu'il correspond exactement à ce qu'ils cherchent. Ils vont le prendre à l'essai pendant six mois, mais s'il est bien le cheval que je crois connaître, et s'il se comporte correctement, ils le garderont. C'est tout ce que je peux te dire pour l'instant. Ne te fais pas de souci pour Dombey, mon garçon. Aucun cheval sur terre ne sera mieux traité que lui, je te le promets.

Je n'ai pas honte de te dire qu'une fois M. Alfie parti, je suis allé dans la stalle de Dombey, je me suis assis dans la paille, et j'ai pleuré toutes les larmes de mon corps. Dombey venait vers moi, fourrait sa tête dans mon cou pour essayer de me remonter le moral. Tout le monde, à l'écurie, tous les autres garçons connaissaient mes sentiments pour Dombey. Ils s'étaient assez souvent moqués de moi, de tout le temps que nous passions ensemble, Dombey et moi, presque comme si nous étions mariés, ricanaient-ils. Mais ils ne riaient plus de moi, maintenant. Chacun d'eux avait son cheval préféré, et ils savaient ce que je devais éprouver.

Un peu plus tard, ce matin-là à l'écurie, j'ai serré Dombey contre moi pour la dernière fois et je lui ai dit qu'il allait dans un endroit où il serait heureux, mais qu'il était à l'essai, et qu'il devrait donc bien se tenir. M. Alfie m'a laissé le mener moi-même dans un camion, où je lui ai fait mes derniers adieux. Quand le camion est sorti de la cour, nous l'avons entendu lancer une grande

ruade contre le hayon du van. Nous avons tous éclaté de rire, ce qui n'était pas plus mal, car autrement, j'aurais de nouveau fondu en larmes.

– Vous me donnerez de ses nouvelles, n'est-ce pas ? ai-je demandé à M. Alfie en quittant l'écurie, à la fin de l'après-midi.

– Bien sûr, mon garçon.

Mais il ne m'en a jamais donné parce que, quand je suis arrivé à l'écurie, le lendemain, on m'a dit que M. Alfie était malade, et qu'il ne reviendrait pas avant un certain temps. Je ne l'ai plus jamais revu. Quelques jours plus tard, j'ai eu une bonne surprise. M. Roley m'a convoqué. Il avait été décidé de me relâcher trois mois plus tôt pour bonne conduite. J'étais ravi, bien sûr, fou de joie, mais je n'ai jamais pu dire au revoir à M. Alfie.

Je me suis aperçu qu'il se passe quelque chose de très bizarre quand on sort de prison. Les gens vous regardent, dans la rue, dans l'autobus, dans les magasins, comme s'ils savaient d'où vous veniez. Mais il y a pire encore. On a l'impression de ne plus avoir sa place nulle part. On a l'impression d'être un chien errant. J'avais une chambre dans un foyer – un endroit minuscule et sombre, qui ressemblait plutôt à un chenil. Je ne savais pas où aller, ni que faire de moi-même. Je ne pouvais pas retourner à la maison, parce que ma mère, mes frères et sœurs ne voulaient plus me voir – et je ne peux pas leur en vouloir, pas vraiment.

Pendant deux ou trois mois, j'ai erré dans les rues, apprenant à connaître les autres laissés-pour-compte – et il y en a beaucoup, crois-moi – qui

faisaient plus ou moins la même chose que moi, déambulant dans les rues en espérant que les jours passent. Certains d'entre eux étaient dans la rue depuis des années. Je ne voulais pas finir comme eux, mais je savais que j'en prenais le chemin, et je ne voyais pas très bien ce que je pouvais y faire.

Puis, un soir d'été où il faisait doux, j'ai pensé que ce serait une bonne idée d'aller dans un parc me trouver un bon petit banc sur lequel passer la nuit. Je n'en pouvais plus des quatre murs de la chambre minuscule et étouffante du foyer. Je suis resté allongé sur ce banc, cette nuit-là, à regarder les étoiles, et je me rappelle avoir pensé à M. Alfie, espérant qu'il allait mieux, et à Dombey, me demandant où il pouvait bien être, s'il se comportait comme il le fallait, et si je reverrais jamais l'un d'eux. Je me suis endormi. La première chose que j'ai entendue en me réveillant, c'était tout un tas d'ébrouements, de reniflements, de cliquetis de harnais, et un ou deux hennissements, aussi. Je me suis assis. Je croyais que j'étais en train de rêver. Mais ce n'était pas le cas.

Des dizaines de chevaux venaient vers moi deux par deux, l'un de chaque paire étant monté et l'autre tenu par la bride. Comme ils approchaient, j'ai pu voir qu'ils étaient chevauchés par des soldats, tous en uniforme kaki, et coiffés de casquettes à visière. Ils sont passés devant moi au trot. Les chevaux étaient magnifiques, ils n'étaient pas aussi grands ni aussi robustes que les suffolk de M. Alfie, mais c'étaient des pur-sang à la robe lustrée, qui remuaient nerveusement la tête. Aucun des soldats ne m'a adressé la parole en passant devant moi, sauf le dernier. Il ne tenait pas un autre cheval par la bride, contrairement aux autres – ce qui n'était pas plus mal, ai-je pensé, parce que le cheval qu'il montait n'avait pas l'air facile du tout. Bondissant, l'œil flamboyant, en alerte.

– Belle journée, a dit le soldat.

Et il n'a pas eu le temps de dire autre chose, parce que c'est à ce moment-là que tout est arrivé, pendant qu'il me parlait.

Soudain, un chien, un petit animal au poil en bataille a surgi des bosquets derrière mon banc à toute vitesse et en aboyant comme un fou. Alors évidemment, le cheval, plutôt nerveux, lui a jeté un coup d'œil, a pris peur, s'est cabré, puis a désarçonné son cavalier avant de foncer dans le parc. J'ai fait la première chose qui m'est passée par la tête : j'ai couru après le cheval. J'ai fini par le rattraper, juste avant qu'il arrive dans la rue. J'étais tout essoufflé. Il était toujours très inquiet, mais j'ai vu qu'il s'était un peu calmé, suffisamment pour se mettre à flairer l'herbe. J'ai commencé à lui parler doucement, en m'approchant de lui, exactement comme j'avais appris à le faire avec Dombey.

Quand je suis arrivé assez près, j'ai réussi à lui flatter l'encolure, à lui caresser les oreilles, j'ai enfin pu prendre ses rênes et j'ai commencé à le ramener. Toute la colonne de chevaux s'était arrêtée, et j'ai vu le soldat qui avait été désarçonné venir vers moi en boitant.

– Rien de cassé ? lui ai-je demandé.

– Un peu sonné, mais rien de grave. Quel imbécile, ce chien ! a-t-il répondu. Heureusement que tu as rattrapé mon cheval avant qu'il arrive dans la rue. Merci, je te revaudrai ça. Mon cheval était un peu trop content de lui, ce matin. Ça lui arrive. (Le soldat m'a pris les rênes des mains.) Tu connais bien les chevaux, n'est-ce pas ? Je veux dire, tu sais vraiment bien t'en occuper. On pourrait avoir besoin d'un type comme toi dans le régiment. Tu n'as jamais eu envie d'être soldat ?

– Comment ça ? Avec des chevaux ?

– Pourquoi pas ? C'est ce que je fais, je suis soldat, et je m'occupe des chevaux. J'ai trois bons repas par jour et un lit au chaud pour dormir. La paye n'est pas formidable, mais elle est suffisante. On passe vraiment du bon temps avec les chevaux. Tu devrais essayer.

Je me suis alors rappelé que M. Alfie avait été
soldat autrefois, et qu'il s'occupait de chevaux, lui
aussi.

— Ça peut m'intéresser, ai-je dit.

— Écoute, voilà ce que tu vas faire. Descends
simplement l'allée jusqu'au grand bâtiment, là-
bas, derrière les arbres. C'est là que nous nous diri-
geons. Suis le crottin des chevaux. Tu ne peux pas
te tromper. Demande l'officier de service. Je lui

raconterai ce qui s'est passé, je lui demanderai de t'attendre.

Eh bien, je n'avais pas grand-chose d'autre à faire, n'est-ce pas ? Pourquoi ne pas essayer ? Ai-je pensé. Le matin même, j'ai donc suivi les instructions que m'avait données le soldat, j'ai pris le chemin couvert de crottin de cheval, et je suis arrivé là-bas. Bref, pour résumer les choses en quelques mots, c'est comme ça que je suis entré dans l'armée.

J'ai passé quelques semaines à me faire engueuler, à marcher au pas, à cirer des bottes et des insignes, quelques semaines encore à circuler à bord de véhicules blindés, puis on m'a laissé faire mes preuves avec les chevaux.

Je n'arrivais pas à croire à la chance que j'avais.

Passer d'un banc où je dormais à la dure, au dos d'un cheval noir et brillant, que je montais, un casque brillant sur la tête, un plastron brillant pour aller avec, les bottes les plus longues, les plus brillantes, les plus noires qu'on ait jamais vues, et une épée brillante à l'épaule. Je ne pouvais pas

imaginer d'avenir plus brillant, ni que la vie puisse devenir plus belle.

Et pourtant, elle l'est devenue.

C'était le jour de ma première grande parade, la parade de l'anniversaire de la reine, et la fanfare était là aussi. Je l'ai entendue avant de la voir, le roulement sourd de la grosse caisse me parvenant de loin. Puis il est apparu au coin de la rue, le régiment au complet de la fanfare de la cavalerie, avec tous ses soldats à cheval qui jouaient d'un instrument. Quelle musique ! Quel spectacle ! Et en tête de la fanfare, il y avait un immense cheval, une énorme timbale argentée de chaque côté, que le timbalier battait avec un bonheur évident. C'est alors que j'ai regardé de plus près. Je peux te dire que j'ai failli en tomber de ma monture. Le cheval du timbalier était marron et blanc ! Ce cheval était un cheval pie ! C'était Dombey ! Pas d'erreur possible, c'était mon Dombey !

J'ai chevauché pendant tout le défilé, décidant sur-le-champ qu'un jour je serais là, que je monterais Dombey, qu'un jour ce serait moi qui ferais résonner ces resplendissantes timbales d'argent.

Après la cérémonie, je suis allé voir Dombey dans son écurie. Il m'a reconnu immédiatement, et tu ne pourras jamais imaginer le bonheur que j'ai ressenti.

Cela m'a pris quelques années, bien sûr, et j'ai
dû travailler dur, mais j'ai fini par y arriver. Je n'ai
jamais été aussi fier de ma vie que la première fois où
j'ai défilé en tant que timbalier sur le dos du vieux
Dombey – il était vraiment vieux désormais –,
battant le rythme de la fanfare, dont les échos
résonnaient dans toute la ville de Londres. Tandis
que je remontais la grande allée jusqu'au palais, la
foule était partout, applaudissant et souriant. Mais
ce n'était pas moi qu'on regardait, c'était Dombey,
je le sais.

Pendant tout le temps qu'a duré cette parade, je pensais à M. Alfie et à Mlle West, à tout ce qu'ils avaient fait pour moi, à la confiance qu'ils m'avaient toujours accordée, et j'espérais seulement qu'ils étaient là, quelque part dans la foule, en train de me regarder. Plus que tout, je voulais qu'ils soient fiers de moi. Je jure que j'entendais toujours la voix de M. Alfie dans ma tête, qui disait la même chose encore et encore, le tambour rythmant chacun de ses mots :

« POUR UN MAUVAIS GARÇON, TU N'ES PAS SI MAUVAIS, MÊME PAS MAUVAIS DU TOUT. »

Alors voilà, maintenant tu connais toute l'histoire de ma vie – enfin, le principal en tout cas. Bien sûr, j'ai eu des hauts et des bas, comme toi. La vie n'est pas simple. Les choses ne se passent pas toujours exactement comme on l'espère. Je n'ai plus jamais revu ma mère. J'étais en colère contre elle, elle était en colère contre moi. C'est mon plus grand regret. C'est terrible, la colère. Mon petit frère m'a dit, à son enterrement, qu'elle était venue me voir un jour à la parade de Whitehall. Il a ajouté qu'ensuite elle parlait sans arrêt de moi.

Quant à Mlle West, elle m'a écrit il y a quelques mois, de façon tout à fait inattendue, après avoir vu ma photo dans le journal. Elle réside dans une maison de retraite, à présent, dans le Sussex, mais elle est toujours en très bonne santé à l'âge de quatre-vingt-treize ans. Nous allons la voir et prendre le thé avec elle, ta grand-mère et moi, et nous parlons du temps où j'étais responsable de l'armoire des instruments à percussion. J'ai toujours l'impression d'avoir dix ans, quand je suis avec elle. C'est drôle. Il me semble que nous avons tellement de chance de nous être retrouvés, tous les deux, après tant d'années.

J'ai eu de la chance, finalement, plus de chance que je ne le mérite, ça c'est sûr. J'ai eu des enfants, des petits-enfants, j'ai eu grand-mère avec moi pendant toutes ces années. C'est elle qui m'a permis d'aller de l'avant. Elle me secoue quand j'en ai besoin, et j'en ai souvent eu besoin, j'ai souvent eu besoin d'elle. Parfois, elle dit que j'aime Dombey plus qu'elle, ce qui n'est pas vrai.

Mais ça n'en est pas loin.

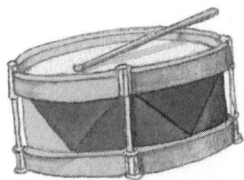

À l'origine du récit

Annexes

Jeunes délinquants en prison
Hollesley Bay
Les suffolk punch
Les chevaux dans l'armée

Jeunes délinquants en prison

L'introduction du système Borstal

C'est à la fin du XIXe siècle qu'apparut pour la première fois en Angleterre l'idée que les mineurs qui avaient commis des délits devraient être enfermés dans des quartiers réservés de la prison, pour les séparer des détenus plus âgés. Là, ils pourraient apprendre un métier qui leur permettrait de mener une vie différente une fois libérés.

Les premiers quartiers réservés furent établis dans la prison de Borstal, près de Rochester, dans le Kent. C'est pourquoi, lorsque d'autres sections semblables se sont répandues un peu partout en Angleterre, on disait des mineurs destinés à y aller qu'on les « envoyait à Borstal ».

Les jeunes qui étaient envoyés là-bas devaient avoir moins de vingt-trois ans et être susceptibles de tirer profit de la stricte discipline qui leur était imposée, ainsi que du travail acharné qu'on exigeait d'eux. Ils étaient divisés en petits groupes, un peu comme dans certains internats. Chaque

Garçons travaillant dans un atelier de forge de la maison de redressement de l'île de Portland, Dorset, 1945 (ill. 1).

groupe avait un responsable qui apprenait à connaître chaque garçon individuellement, afin de le diriger vers les domaines qui l'intéressaient ou dans lesquels il montrait des aptitudes. Bien que les mineurs envoyés dans ces quartiers réservés aient eu de meilleures conditions de détention que ceux qui étaient enfermés avec des détenus plus âgés et endurcis, c'étaient quand même des endroits très durs.

En 1930, le gouvernement britannique commença à instituer des maisons de redressement ouvertes, comme celle de Hollesley Bay. Elles n'avaient plus les hauts murs habituels des prisons. Les jeunes détenus avaient le droit de travailler aux champs et dans des ateliers.

L'emploi du temps quotidien de ces mineurs comprenait une journée entière de travail, des exercices réguliers au gymnase, et la possibilité de poursuivre leur scolarité. Quand les jeunes détenus avaient travaillé à la ferme ou dans un atelier pendant un certain temps, on leur confiait des responsabilités afin qu'ils acquièrent une plus haute estime d'eux-mêmes et qu'ils apprennent à gagner la confiance et le respect d'autrui. Lorsque l'on jugeait qu'après cet apprentissage – qui pouvait durer entre un et trois ans – un mineur était prêt à mener une vie meilleure à l'extérieur de la prison, il était libéré.

Ces maisons de redressement étaient cependant des endroits où le règlement était draconien, et où des méthodes souvent brutales étaient employées pour amener les individus les plus récalcitrants à se plier à la discipline de la prison. En 1982, le gouvernement britannique décida de les remplacer par les centres de détention pour mineurs qui existent actuellement.

Hollesley Bay

Une propriété à l'histoire insolite

Située près de la côte, dans le suffolk, Hollesley Bay était à l'origine une grande propriété privée. Puis, à l'époque victorienne, elle devint un établissement d'enseignement supérieur qui apprenait comment gérer l'exploitation des terres à de jeunes hommes, destinés pour la plupart à aller tenter leur chance en Australie ou dans le nord des États-Unis. Cet établissement avait un haras de suffolk punch, qui étaient élevés dans la propriété depuis longtemps. (Un haras est un lieu destiné à l'élevage des chevaux.)

À la fin des années trente, la terre et le haras furent vendus à l'administration pénitentiaire. Le centre de redressement de Hollesley Bay fut ouvert en 1938. Il comportait six bâtiments pour loger les mineurs, ainsi qu'un gymnase et un édifice destiné à l'apprentissage des détenus, où l'on enseignait la menuiserie, le soudage, la cordonnerie, le métier de maréchal-ferrant (qui consistait à garnir de fers les sabots des chevaux), la peinture, la décoration et la maçonnerie.

Maurice Fairhead, instructeur pénitentiaire à HM Borstal Hollesley Bay, 1946-1970, avec trois apprentis maréchaux-ferrants (ill. 2).

FARM HORSES

YOUNG FARMERS' CLUB BOOKLET No. 13

NATIONAL FEDERATION OF YOUNG FARMERS' CLUBS
OAKLINGS :: CANONS CLOSE :: RADLETT :: HERTS

Brochure du Club des jeunes agriculteurs (*Chevaux de labour*), parue en 1944 (ill. 3).

Outre le haras de suffolk punch, il y avait une grande ferme en activité, qui comportait une laiterie, différents animaux tels que des vaches, des moutons, des poulets, ainsi que des champs cultivés. Le lait et les légumes produits par cette ferme n'étaient pas uniquement utilisés dans la maison de redressement de Hollesley Bay, mais également envoyés dans d'autres prisons de la région de l'East Anglia, et de Londres.

Le travail à la ferme et au haras, avec les chevaux, était considéré comme une partie importante du programme de réinsertion des détenus (ils avaient même leur propre section au Club des jeunes agriculteurs). Dans les années soixante, lorsque le nombre de suffolk punch a considérablement diminué, l'administration pénitentiaire a su continuer à donner une haute idée de cette race grâce à de nombreuses présentations à des comices agricoles et à des manifestations équestres – telles que celle du « cheval de l'année », par exemple.

En 1983, Hollesley Bay Borstal est devenu un centre de détention pour jeunes délinquants. Puis, en 2003, il a été décidé de fermer aussi bien la ferme qui dépendait de la maison d'arrêt, que cette dernière et le haras. Une association – le suffolk punch Trust – est alors intervenue, lançant un appel pour lever des fonds afin d'acheter les chevaux, les bâtiments, la terre et les équipements. Elle gère à présent le haras et le Heritage, Education and Visitor Centre, un centre de documentation qui est ouvert au public, rappelle l'incroyable histoire de Hollesley Bay, et donne aux visiteurs l'occasion de voir des suffolk punch.

Les suffolk punch

Introduction à une race peu connue

Le suffolk punch est l'une des trois seules races de chevaux de labour originaires de Grande-Bretagne (les deux autres étant le shire et le clydesdale). Les chevaux de labour sont robustes, résistants, et on les appelle souvent des chevaux de trait, car ils ont toujours été utilisés pour accomplir de lourdes tâches agricoles.

Bien qu'il soit plus petit que le Shire ou le Clydesdale, le suffolk punch, avec ses jambes courtes et son corps en forme de tonneau, reste très puissant. L'une des caractéristiques de tous les chevaux de cette race est leur robe alezane. Curieusement, tous les suffolk punch qui existent aujourd'hui descendent d'un seul étalon : le cheval de Thomas Crisp d'Ufford qui a été mis bas en 1768.

Élevés pour servir de chevaux de labour, les suffolk punch vivent longtemps et, à la différence d'autres races de chevaux lourds, peuvent passer de longues

Paire de chevaux de labour suffolk punch au travail (ill. 4).

périodes sans avoir besoin de se nourrir. N'ayant pas non plus de fanons (longs poils sur les jambes), ils sont plus faciles à étriller après s'être salis dans des champs boueux. Jusqu'à ce que les machines prennent la relève des travaux pénibles dans la plupart des exploitations agricoles, le suffolk punch était très apprécié.

Avant que les machines soient largement répandues, une journée typique à la ferme commençait vers cinq heures du matin, lorsque le chef palefrenier venait nourrir les chevaux. (Les suffolk punch ayant de petits estomacs, il leur faut deux heures pour digérer leur nourriture avant de travailler, sinon ils risquent d'avoir de très graves maux d'estomac qui peuvent leur

Le chef palefrenier Ted Middleton (troisième en partant de la gauche), ses garçons d'écurie et des suffolk punch font une pause pour le déjeuner (ill. 5).

être fatals dans le pire des cas.) Vers six heures du matin, les autres travailleurs agricoles arrivaient et harnachaient les chevaux puis, à sept heures, le travail des champs commençait. Alors que les hommes s'arrêtaient pour déjeuner, les chevaux restaient simplement debout ou pouvaient parfois dormir une vingtaine de minutes avant de recommencer à travailler. (Les chevaux peuvent dormir debout, en bloquant les articulations de leurs jambes postérieures pour ne pas tomber.) Les chevaux n'avaient peut-être pas besoin d'être nourris dans la journée, mais il leur fallait boire beaucoup d'eau – au moins soixante litres. (Imaginez que vous ayez besoin de soixante litres

Équipe de forçats travaillant sur les routes avec un rouleau compresseur tiré par plusieurs suffolk punch (ill. 6).

de lait par jour !) Puis, après une dure journée de travail, les palefreniers pansaient et nourrissaient les chevaux, et les ramenaient ensuite dans leur pré.

En raison de la force des suffolk punch, de leur bon caractère, de leur longévité, et du fait qu'il était relativement peu coûteux de les nourrir, ils étaient également très appréciés comme chevaux de travail dans les villages et les grandes villes. Au cours du XIXe siècle et au début du XXe, on en voyait souvent qui tiraient des chariots remplis de charbon ou de marchandises très lourdes, telles que les tonneaux de bière de la brasserie Truman.

Au début du XXe siècle, les chevaux lourds, comme les suffolk punch, avaient été remplacés par des voi-

Un chariot de la brasserie Truman, tiré par deux suffolk punch (ill. 7).

tures et des camions dans les grandes villes. Mais on pouvait encore en voir travailler dans les champs jusqu'après la Seconde Guerre mondiale, même si la majorité des chevaux était déjà remplacée par des tracteurs. Les tracteurs n'avaient pas besoin d'être nourris ni pansés quand ils avaient fini de travailler, et ils labouraient beaucoup plus vite que des chevaux. Au début des années cinquante, le travail agricole, qui avait été traditionnellement accompli par des chevaux, était désormais presque entièrement assuré par des machines.

En raison de cette baisse spectaculaire de la demande de chevaux lourds, les populations de ces diverses races ont sensiblement diminué au cours du XXe siècle. La race suffolk punch, qui a toujours été la moins nombreuse, a quasiment disparu. Elle a été sauvée par une poignée de propriétaires et d'éleveurs dans les années soixante. Aujourd'hui, le suffolk punch est sur la liste rouge de la Rare Breeds Survival Trust (Association pour la survie des races rares), avec seulement quatre cent dix chevaux à pedigree enregistrés dans le monde.

Les chevaux dans l'armée

Les chevaux à la bataille et à la parade

Depuis que les hommes ont appris à les monter, les chevaux ont été utilisés à la guerre pour donner de la rapidité et de la puissance à l'armée. La cavalerie (les soldats à cheval) était souvent considérée comme une troupe d'élite.

C'est pendant la Première Guerre mondiale qu'on a utilisé le plus grand nombre de chevaux sur les champs de bataille. Bien que dans la guerre de tranchées les charges de cavalerie aient été en principe inutiles – même s'il y en a eu quelques-unes –, les chevaux étaient largement utilisés pour transporter du matériel lourd et du ravitaillement dans les zones dévastées. On estime qu'à la fin de la Première Guerre mondiale huit millions de chevaux étaient morts dans les deux camps.

La plupart de ces chevaux morts pendant la guerre étaient auparavant utilisés pour les travaux agricoles, mais ils se sont conduits avec bravoure dans des situations difficiles et terrifiantes. Un témoignage sur l'un de

Un maréchal-ferrant au travail pendant la Première Guerre mondiale (ill. 8).

ces chevaux a été présenté dans une brochure publiée par la suffolk Horse Society au début des années vingt. La lettre d'un jeune artilleur chantait les louanges de son «Goliath, mon puissant alezan, qui tirait tout et n'importe quoi sans beaucoup d'effort, et pouvait même à l'occasion remplacer des attelages entiers de mules. Lorsque nous sommes remontés vers le nord et que nous avons rejoint "le bain de sang", il a tiré un chariot chargé d'un énorme tas de matériel (si grand et si haut que tous les règlements en vigueur en étaient violés), seul pendant des jours et des jours sans jamais broncher ».

Depuis la Première Guerre mondiale, la plus grande partie des chevaux de l'armée a été remplacée par des machines. À présent, les chevaux sont presque exclusivement utilisés lors de cérémonies. Pendant des centaines d'années, les régiments de cavalerie allaient au combat au son des roulements de tambour, avec en tête le cheval du tambour ou du timbalier, qui menait la marche. Aujourd'hui, les chevaux du timbalier sont utilisés par des fanfares militaires dans des circonstances particulières. Même si les chevaux du timbalier sont souvent des clydesdale, l'armée choisit le cheval en fonction de ses capacités plutôt que de sa race. Elle prend de gros chevaux sains, robustes, qui savent se montrer patients et bienveillants, car ils doivent être montés par un cavalier en grand uniforme et sont équipés non seulement d'un harnais de quarante kilos, mais de lourdes timbales d'argent. En outre, ils doivent rester immobiles, en silence, pendant toute la durée des cérémonies.

Les chevaux du timbalier commencent leur entraînement à l'âge de trois ans environ. Ils sont dressés pendant deux ans au moins, jusqu'à ce qu'ils acquièrent la maîtrise nécessaire pour assurer le bon déroulement des cérémonies. Ensuite, ils seront prêts à participer à des événements tels que le salut aux couleurs qui marque l'anniversaire de la reine.

Londres par LMS, Salut aux couleurs. Whitehall. Christopher Clark R.I.
Affiche publicitaire pour la ligne de chemin de fer LMS (Londres-Middlands-Écosse), montrant le salut aux couleurs en 1930 (ill. 9).

Annexes par Libby Hamilton (consultant Chris Miller)

Crédits photographiques

Achevé d'imprimer par GGP Media GmbH, Pößneck
en avril 2016
pour le compte de France Loisirs,
Paris

N° d'éditeur : 85121
Dépôt légal : avril 2016

Imprimé en Allemagne